それだけで美しい

沢知恵　奥勝實画

いのちのことば社

銅版画・線画　奥 勝實

この本は、私がつくったうたの歌詞と
日々の祈りによって生まれました。
この紡ぎだされたことばたちが、
愛するあなたに届きますように。

目次
contents

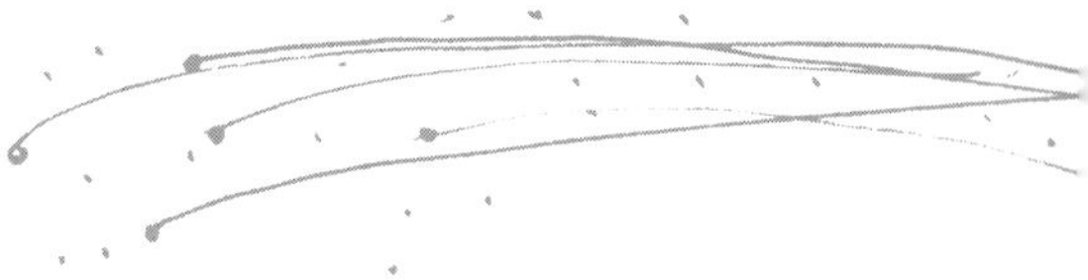

朝起きたらまず何をしますか
私は窓を開け放って
今日の風を体で感じます
そして　あなたを思います

神さま

今朝もあたらしい朝とあたらしいいのちを

ありがとうございます。

今日与えられたいのちをせいいっぱい生きてみます。

二度とやってこない、今日だけの風を感じながら。

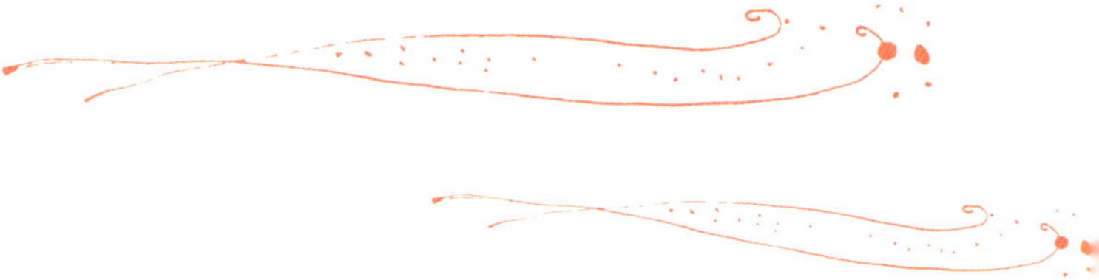

うたうことは生きること
生きることはうたうこと

神さま

私はうたわずにはいられません。

今日もこうして生きている喜びを。

まぶしい太陽、そよぐ風、川のせせらぎ、

虫の羽音……。

すべてのいのちがあなたをほめたたえています。

私もあなたがつくった膨大な作品のうちのほんのひとつ。

聞こえますか？　私のうたが。

喜びにあふれる私の声が。

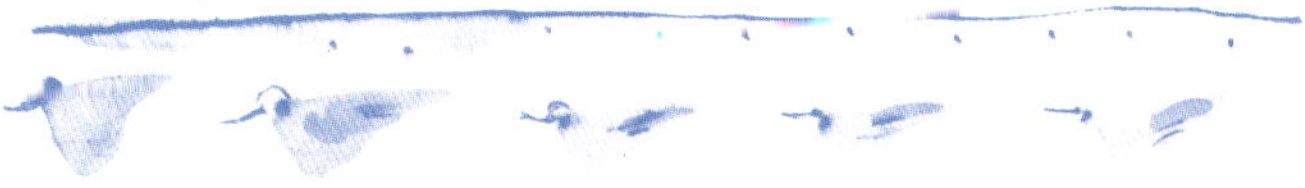

こわがらないで　Lady

あなたのままでいい

生きること　それだけで美しいから

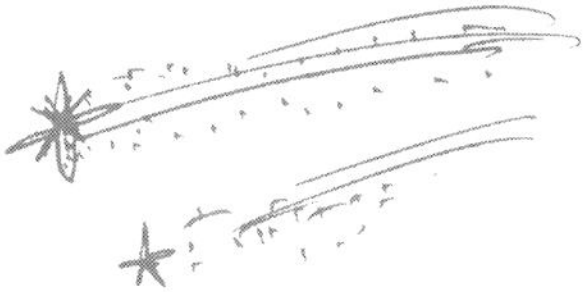

神さま

家の近くのツバメの巣で、大事にあたためられた卵から、

ひながかえりました。

かわいいかわいい四羽のひなです。

親ツバメはいっしょうけんめいえさを運んで与え、

ひなたちはみるみる成長して、もう飛ぶ練習を

始めています。

はじめのひと飛びは、どんなにかこわいものでしょう。

想像するだけで、胸がつまります。

親ツバメは叱咤激励するようにして、一羽また一羽、

全員が飛べるようになるまで見届けています。

私もこわくて、一歩が踏み出せないときがあります。

できればこのまま逃げてしまいたいと思うとき、

深呼吸をひとつして思い出します。

あなたがこの世を創造されたとき、

すべてのものを「良しとされた」ことを。

「神はお造りになったすべてのものを御覧になった。

見よ、それは極めて良かった。」

〈創世記1章より—＊新共同訳〉

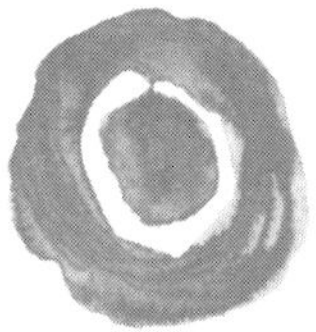

愛はたしかにあるのに

見えないのはなぜ ？

神さま

私はあなたを信じます。

目には見えないけれど、いつもあなたを感じます。

私は愛の力を信じます。

目には見えないけれど、愛なしには一日たりとも

生きられないことを知っています。

神さまも愛も、見えないけれど信じます。

大好きな金子みすゞの詩「星とたんぽぽ」にあるように。

「見えぬけれどもあるんだよ、

見えぬものでもあるんだよ。」

神さまは愛です。

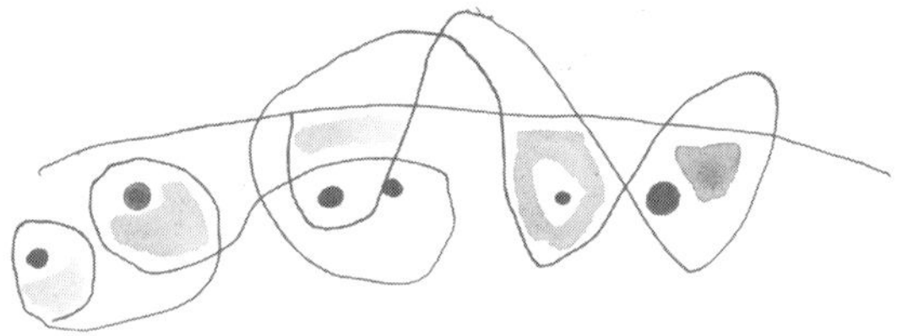

ひこうきにのって雲の上に出たら
一歩ふみ出しただけで
歩けそうな気がしたよ
天国のとびらは
どこにあるのだろう

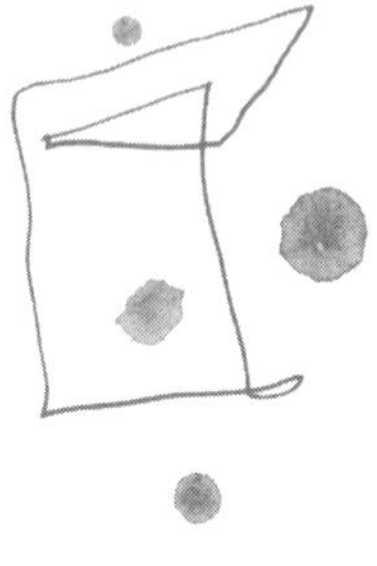

神さま

天国はどこにあるのですか？

雲の上ですか？　空の上ですか？

飛行機に乗るたび、窓の外を眺めながら探しています。

いまだに見つかりません。

今度、標識か何かを立てておいてください。

死ぬまでに見つけたいな。

え？　死ぬときには必ず見つかるって？

じゃあ、そのときの楽しみに取っておくことにします。

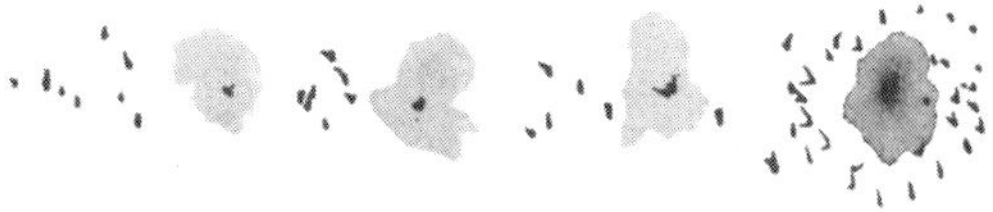

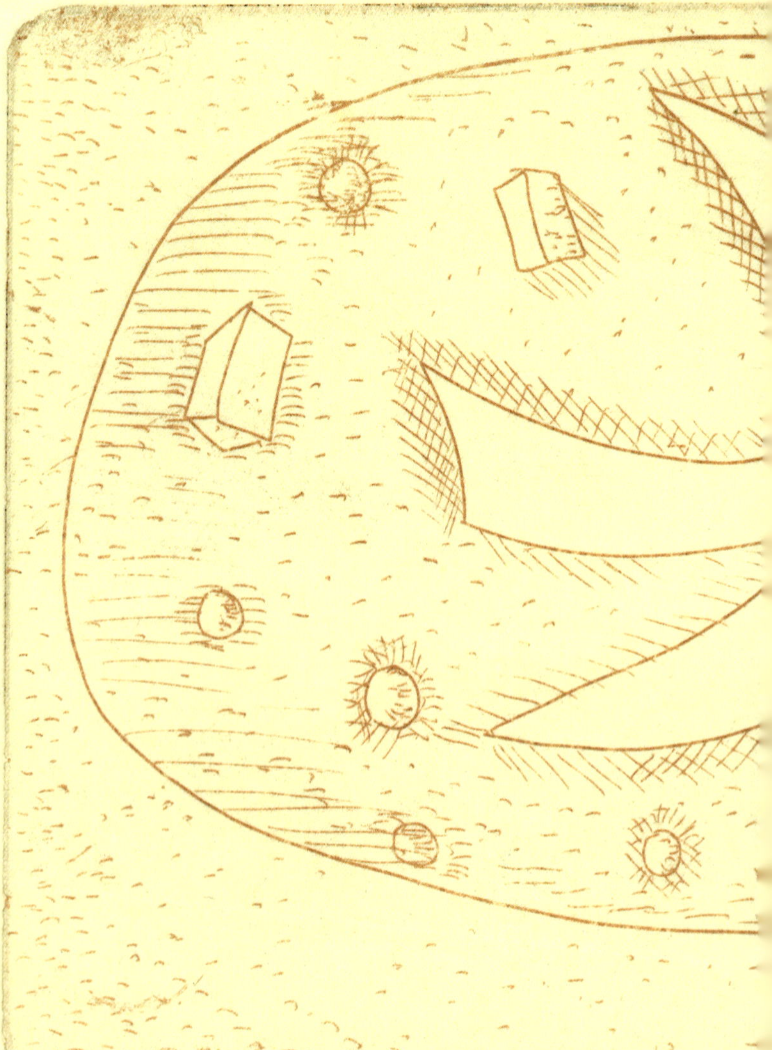

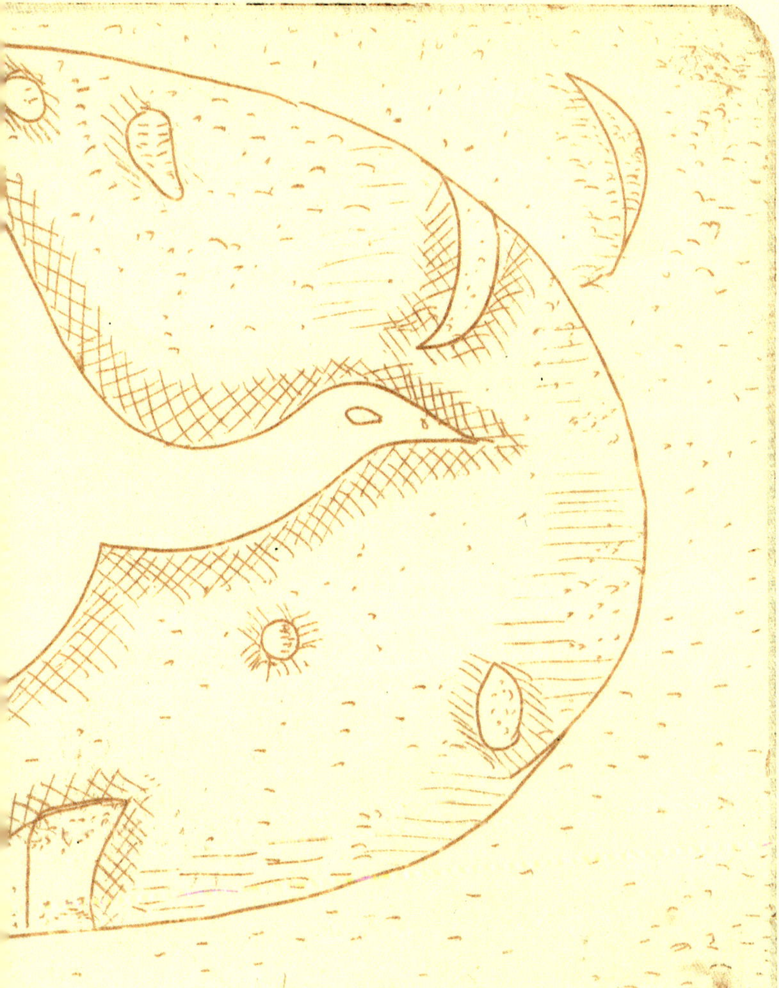

ひとりひとりちがう
いのちのきらめきを
ひとつひとつちがう
星が教えてくれる

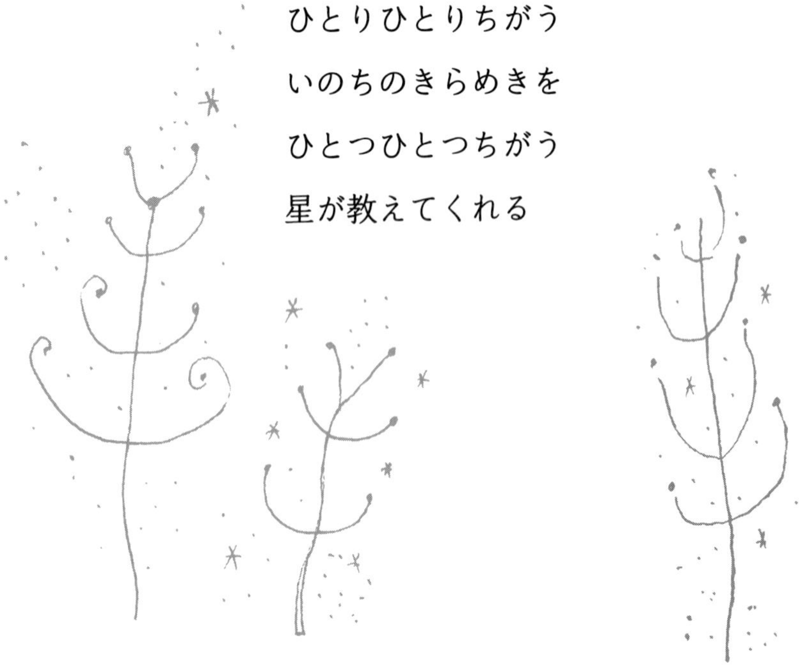

神さま

幼いころアメリカに初めて行ったとき、
びっくりしました。
髪の色が黒い人、金色の人、赤い人、茶色の人、
いろいろなんですもの！
肌の色も、目の色も、鼻のかたちも全員ちがうし、
歩き方も、走り方も、踊り方もみんなちがう。
おもしろいなあ、と思いました。

数年後、アメリカから日本に来て、今度は髪や肌、
目の色がみんな似ているのにびっくりしました。
でも、ひとりひとりよく見ると、全員ちがうんですよね。
組み合わせはどうやって決めるんですか？
この人の髪は黒で、目は茶色。

肌は白くて声は低い、とか。

何十億もの人間を、いや、歴史をさかのぼれば、

数えきれない数の人を、

いったいどうやってつくったのですか？

適当ですか？　適当にしては完璧すぎます。

神さま、あなたはまちがいなく天才アーティストです。

笑いたいときだけ
笑顔でいられるようになった

神さま

最近、心から笑っていなかった気がします。

鏡にうつった自分に向かって、「笑って」と

言ってみるけれど、目が笑っていないと、

本当の笑顔にはなりませんよね。

つくり笑いはつらいです。

からだもこころも、ちょっとお疲れ気味かな。

ゆっくり寝て、おいしいものを食べて……。

そうだ！　いつも会うと笑いが止まらなくなる

あの友だちに、久しぶりに会いに行こうかな。

笑顔を分けてもらおうかな。

神さまは、どんなとき笑いますか？

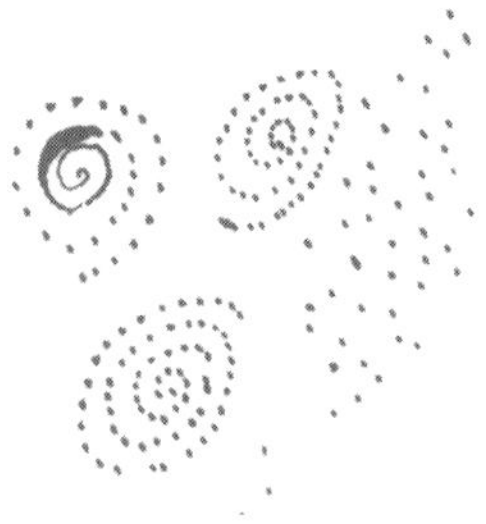

ありあわせのおかずでも

あなたといればごちそうになる

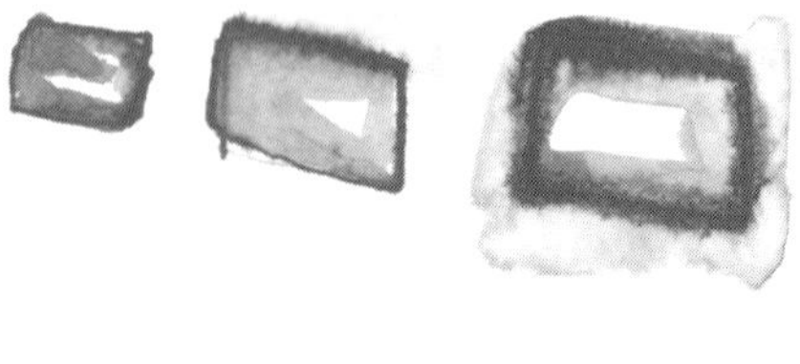

神さま

先日友だちから、

「何もないけど、ごはん食べに来ない？」

と突然の誘いがありました。

彼女は冷蔵庫にあるものを出して、さっと手早く

おかずをつくってくれました。

その間私は、キッチンの椅子に座ってお茶を飲みながら、

おしゃべりを楽しみました。

「本当にありあわせだけど」

そう言われて並んだおかず三品は、私にとって

近年まれに見る大ごちそうでした。

野菜炒めにトマトとハムのサラダ、

そしてゆで卵のチーズ焼き。

おいしくておいしくて、おなかも心もまんぷくになって、

しあわせな気持ちで家路につきました。
もしかしたら、私がここのところへこんでいたのを
気づかってくれたのかな。
彼女のさりげない思いやりがうれしかったです。

私も持っている少しのものを友だちと分けますから、
あなたが大きくしてください。
あの夜のごちそうのように。

あなたにとってのしあわせは
私にとってのしあわせと
おなじじゃないかもしれません
でもね、でもね　愛してる

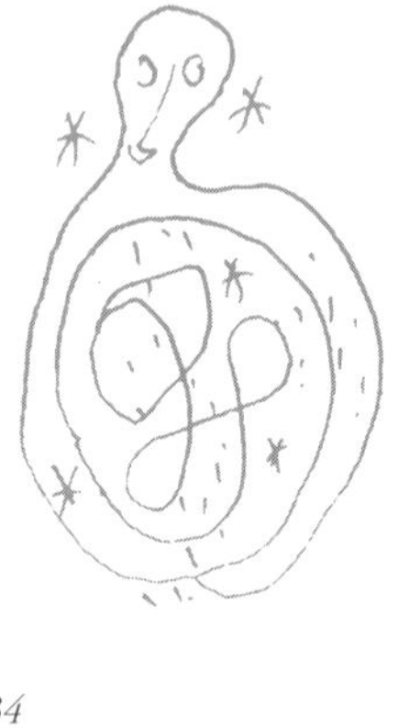

神さま

いままでいくつかの恋をしました。

どれも思い出すだけで、胸がキューンと

せつなくなります。

燃えるような出会いがあり、

涙かれるまで泣いた別れがありました。

でも、悔いはありません。

いつもせいいっぱい愛したから。

たとえいっしょになれなくても、お互いのしあわせを

願うことはできますよね。

どうか私が愛した人たちがみんな、

しあわせでありますように。

いっしょにいても
はなれていても
あなたの愛を
感じていたい

神さま

私はさみしがりやで、ひとりでいることが

へたくそでした。

さみしさをうめるようにスケジュール帳をうめ、

人がいるところに身を置いていました。

でもそのうち、人といっしょにいてもさみしいことが

あるとわかりました。

人といっしょにいるから、かえってさみしいことも。

ひとりでいる練習をしました。

はじめはつらかったけれど、だんだんひとりでも

いられるようになりました。

そうしたら、不思議なことに、

人といてもさみしくなくなりました。

神さま、やすらかなひとりの時間と、人とつながる
あたたかな時間を両方くださって、
ありがとうございます。

神さまは、まさかさみしがりやじゃないですよね。

いらないものを
ひとつずつ捨てたら
ひとりぼっちになりました

神さま

どうして、こんなにたくさんのものに囲まれて

生きているのでしょう。

本当に必要なものなど、ほんの少しのはずなのに。

意を決して、いらないものを処分することにしました。

服、本、書類、雑貨……。

はじめはなかなか捨てられなかったけれど、

本当に好きなものだけ残そうと心に決めたら、

惜しくなくなりました。

残ったものを眺めたら、愛しいものばかり。

たくさん失ったはずなのに、心が満たされました。

どうか私に、足るを知る知恵をお与えください。

A. P.

しあわせに

どうしたらなれますか？

百回泣いたらたどりつきますか？

神さま

しあわせになりたくて生きてきました。

せっかくこの世に生まれたんですもの。

いったい何をもってしあわせと言えるのか、

ときに人と比べ、ずい分と悩んできました。

そしていま、私はしあわせです。

手に入れたいものはまだまだあるけれど、

いまあるものでじゅうぶんしあわせです。

「あすのことを思いわずらうな。あすのことは、

あす自身が思いわずらうであろう。

一日の苦労は、その日一日だけで十分である。」

神さま、ありあまるほどの恵みをありがとうございます。

〈マタイによる福音書6章より—＊口語訳〉

この川を渡ろうかと
迷っている
流れのはやさに打ち勝てず
失うものは何？

神さま

言いたいことがあるのに、言えないことがあります。

その場の空気に押しつぶされて、

ことばを飲み込んでしまうことがあります。

黙っていたほうが楽だし、見て見ぬふりをしたほうが

うまくいくのです。

でも、そんな自分とはそろそろさよならしたい。

言うべきことは、ちゃんと言っていきたいのです。

人にどう思われるかばかりを気にする私に、

勇気をお与えください。

神の他には人を裁けない
人はいつから
神になったのだろう

神さま

この世にあふれる人間の思い上がりを、

どうか赦しください。

私たちはあなたを超えることなどできない存在です。

国やあらゆる権力と呼ばれるものの名のもとに、

どんな人のいのちも奪われることのないように

してください。

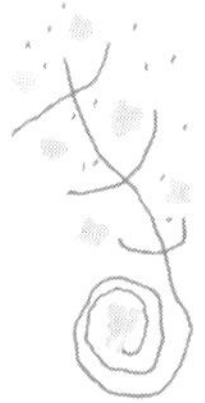

Where's the line between north and south ?

The line is you, the line is me.

北と南を区切る線はどこ？

その線はあなた、その線は私。

神さま

世の中には目に見えない線がたくさん引かれていて、

あらゆるものを分け隔てています。

愛と憎しみ、男と女、富と貧困、

おとなと子ども、生と死、あなたと私……。

あなたから見た地球には、どこにも線はありません。

あるのは、美しい水と土だけ。

ところが、私たちはあなたからいただいた

このすばらしいキャンバスに、

細かく線を書き入れてしまいました。

区切りがないと落ち着いて生きられないほど、

私たちは弱い生きものです。

せめてその線が、区切る、絶つだけではなく、

いのちといのちを結び合わせるものになりますように。

A.P.

あなたとおなじ日に死にたい
かなわぬしあわせと
わかっていても

神さま

どうして人は愛するのでしょう。

必ず別れがくると知りながら。

愛すれば愛するほど、別れもつらくなるというのに……。

いっそのこと深く愛さなければ、

その分傷つくこともないと思うときがあります。

それでも私は愛します。

傷つくことをおそれず、愛して愛して愛しぬきます。

あなたが私を、痛みをもって愛してくださるからです。

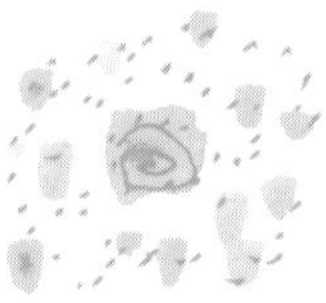

かなしみはつづくけど

あなたといれば笑顔になる

神さま

かなしくてかなしくて、涙が止まりません。

体じゅうの水分がなくなってしまいそうです。

もう少し泣かせてください。

もう少しだけ……。

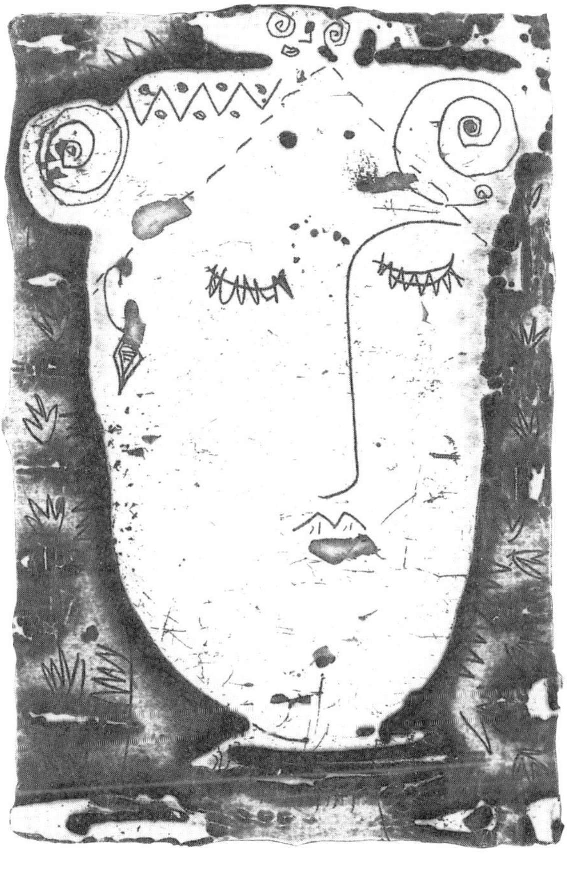

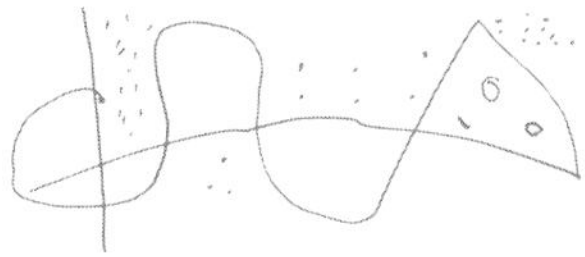

あなたにとっての悲しみが
私にとっての悲しみに
なるように　ああ、なるように
ずっと、ずっと　抱きしめたい

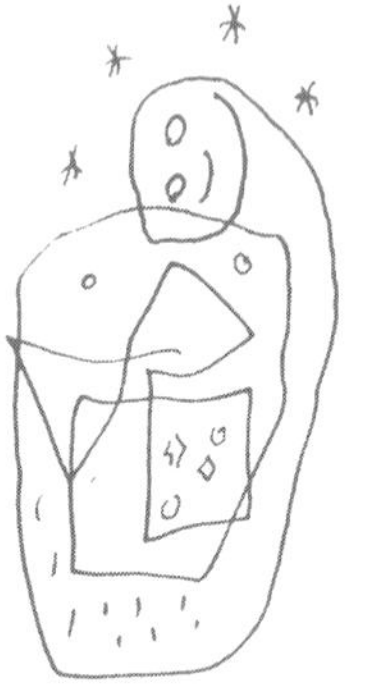

神さま

深い悲しみの中にいる友だちがいます。

さよならを言うことなく、突然パートナーが亡くなって、

働きながら遺された子どもたちをいっしょうけんめい

育てています。

とてもがんばりやです。笑顔をたやしません。

会うと、私を励ましてくれる極上のことばを

かけてくれます。

励まさなければならないのは、私のほうなのに。

いや、励ますなんてとうていできない。

ほんの少しでも慰められたら……。

「喜ぶ者と共に喜び、泣く者と共に泣きなさい。」

何もできない私ですが、あなたが用いてください。

〈ローマ人への手紙12章より—＊口語訳〉

川はやがて海へとたどり
人はいつかつちにかえる

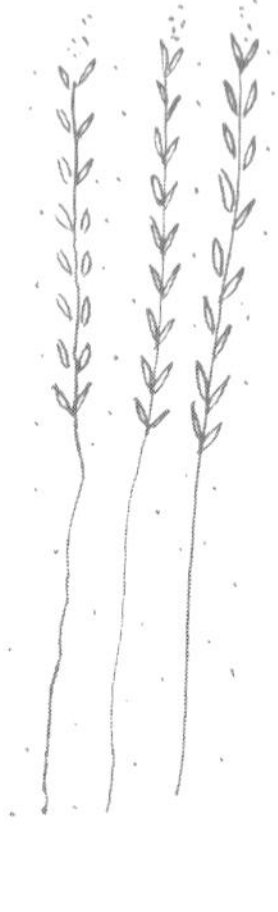

神さま

ときどきあなたがわからなくなります。

幼いいのち、これからといういのちが奪われるとき。

「わが神、わが神。どうしてわたしをお見捨てに

なったのですか」と

叫ばずにはいられません。

すべてはあなたのご計画。

生も死も、あなたの手の内にあります。

でも……。

人の思いを超えてなされるあなたのみわざを

信じられるようになるには、まだまだ時間が

かかりそうです。

〈マタイの福音書27章より―＊新改訳〉

忘れないで

そばにいるから

どんな夜にも

朝が来るから

神さま

あなたがこの世を創造されたとき、

「夕べがあり、朝があった」ということを知って、

感動しました。

朝があって、夕べがあったのではないのですね。

夜が明けていくときのむらさきの空のグラデーションと、

あのしんとした空気が、私は好きです。

夜明けの空に星が消えていくさまが大好きです。

暗闇の中にいるとき、絶望に打ちひしがれます。

でも、あなたはきっと

希望の光を用意してくださるのですね。

いつもそばにいてください。

〈創世記１章より—＊新共同訳〉

あとがき

二十代でうたをつくり始め、約二十年の間に、気がついたら数十曲にもなっていました。どれも私にとっては、かわいい子どものような存在です。そのときどきの思いがギュッとつまった青春の記録でもあります。

うたが生まれる瞬間、私はうめきます。楽しいうたのときも、悲しいうたのときも、涙があふれます。崖っぷちに立たされるような苦しみを伴うこともありますが、それはあたらしいうたといういのちが生まれる喜びによって報われます。しあわせな営みです。

両親が牧師で、宣教師として世界中をめぐりました。私も幼いころから、あちこちでさまざまな体験をすることができました。どこに行っても祈りがあり、賛美がありました。神さまを賛美してうたうことは祈りの延長である、とアメリカの黒人教会で確信しました。小学一年生のときです。

「歌詞を本にまとめてみませんか？」そんなお声がけをいただいて、正直言ってとまどいました。歌詞と詩は、私の中ではまったく別のもの。詩は文字だけで人を感動させることができるけれど、歌詞はうたわれなければ成り立たないと思っていたからです。しばらく考えて、それぞれのうたに祈りを添えるかたちであれば、とお引き受けしました。

東日本大震災の後、私は一瞬ことばを失いました。あまりのできごとに、しばし呆然としてしまいました。しばらくの時を経て、私は祈ることから始めました。いままでにないほど切実に「祈りたい」と思ったのです。そして、聖書を開きました。生まれたときから身近にあった聖書ですが、これほどまでにひとつひとつのことばが突き刺さってきたのは初めてです。救われました。願わくは、私の祈りが、この本をめくってくださるあなたの祈りに、少しでも重なりますように。

敬愛する銅版画家の奥 勝實さんとごいっしょできて光栄です。奥さんの作品からも、祈りが、うたが聞こえてきます。ありがとうございました。

2011年9月11日　　沢 知恵

沢 知恵　さわ・ともえ

歌手。1971年、神奈川県で日本人の父と韓国人の母の間に生まれる。
幼いころより韓国、アメリカ、日本で育ち、ピアノに親しむ。
91年、東京藝術大学音楽学部楽理科在学中に歌手デビュー。
98年、韓国で日本の大衆文化開放後はじめて公式に日本語でうたい、第40回日本レコード大賞アジア音楽賞受賞。
圧倒的迫力のピアノ弾き語りパフォーマンスで、東京下北沢ラカーニャの季節公演を中心に、全国各地でコンサートを展開。
代表曲『こころ』。CD『一期一会』『シンガー』『ソングライター』『いいうたいろいろ4 世界の賛美歌』(すべてコスモスレコーズ)他。
著書に『ありのままの私を愛して〜母から子への26の手紙』。訳書に絵本『バブーシュカのおくりもの』(ともに日本キリスト教団出版局)他。

奥 勝實　おく・かつみ

版画家・イラストレーター・グラフィックデザイナー。
1959年、滋賀県に生まれる。
85年、第1回世界ポスター・トリエンナーレ・トヤマ入選。
87年、第8回日本グラフィック展協賛企業賞受賞。「Works on Faper from Japan」ビナコデカ・ギャラリー(メルボルン)にてグループ展に参加。
88年、第2回フロームエー THE ART日本大賞受賞。
90年、第11回日本グラフィック展大賞受賞。
91年、吉祥寺パルコギャラリーにて個展。イタリア・ミラノにてグループ展。
独自の世界を描いたプリミティブであたたかい銅版画の作品は、いとおしい小作品から迫力ある大型銅版画まで幅広い。
書籍挿画に『ひとりで読もう』(岩波書店)、『明日はもっと素敵な日』(ダイヤモンド社)、『天使がいる星で』(講談社)他。

ＣＤ収録曲　インストゥルメンタル

1《ひとりひとりのうた〜
盛岡スコーレ高校校歌》

2《それだけで美しい》

3《おなじ》

作曲　沢 知恵

ＣＤのクレジット

ピアノ
編曲：沢 知恵

《ひとりひとりのうた〜
盛岡スコーレ高校校歌》
その他の楽器：中村 哲

《それだけで美しい》
その他の楽器：上野 洋

録音とミックス
プロデュース：澤田信二

録音：上野 洋
録音補佐：柴田和也
マスタリング：相川洋一
協力：大蔵 博

沢 知恵　公式サイト

www.comoesta.co.jp

連絡先

info@comoesta.co.jp

日本音楽著作権協会(出)　許諾第1111829-101号

それだけで美しい

2011年11月15日発行

著者 沢 知恵

画 奥 勝實

印刷・製本 モリモト印刷株式会社

発行 いのちのことば社

〒164-0001 東京都中野区中野2-1-5
Tel.03-5341-6922(編集)
03-5341-6920(営業)
Fax.03-5341-6921
e-mail:support@wlpm.or.jp
http://www.wlpm.or.jp/

Printed in Japan
乱丁落丁はお取り替えします
ISBN978-4-264-02948-9